Abenteuer in der Welt der Träume

MIT KINDERN ENTWICKELT AMEET QUALITÄT VON ELTERN GETESTET

Das ist AMEET-Qualität

Bevor wir ein Buchprogramm planen und die einzelnen Bücher entwickeln, besuchen wir unsere kleinen Leser und ihre Eltern zu Hause.

Wir wollen wissen, was Kinder lieben, was sie cool finden, was sie erwarten, wenn sie ein Lese- oder Rätselbuch in den Händen halten. Denn unser Verlag hat sich auf die Fahnen geschrieben, der Verlag zu sein, der am besten weiß, was Kinder wollen.

Die Quelle unserer Erkenntnisse bezüglich Lesererwartungen und ihrer Vorlieben sind professionelle Interviews, die wir regelmäßig mit Kindern und ihren Eltern durchführen. Die Ergebnisse fließen direkt in die Konzeptionierung unserer Buchreihen und Einzeltitel ein.

Das garantieren wir Ihnen:

- Bücher, mit Kindern entwickelt
- Bücher, von Eltern getestet
- Bücher, die Kinder cool finden und gleichzeitig Elternbedürfnisse erfüllen

Wir möchten für Sie immer besser werden:

Sollten wir mit diesem Buch Ihre Erwartungen nicht erfüllen, lassen Sie es uns bitte wissen! Wir freuen uns auf Ihre Kritik und Ihr Lob! Nehmen Sie einfach Kontakt zu uns auf und schreiben Sie uns, gern auch per E-Mail an ameet@ameet.de.

Ihr
AMEET VERLAG
Destouchesstraße 68
80796 München

Titel der englischen Originalausgabe: „The Best Dream Ever", „What a Nightmare!" und „Glitter Bandit" von Kaela Rivera.

AMEET

Manufactured by AMEET Sp. z o.o.
under license from the LEGO Group.

AMEET Sp. z o.o.
Nowe Sady 6, 94-102 Łódź – Poland
ameet@ameet.eu
www.ameet.eu

Erschienen in Deutschland, Österreich und der Schweiz im AMEET Verlag.

AMEET Verlag GmbH
Destouchesstraße 68
80796 München
Deutschland
www.ameet.de

www.LEGO.com

Übersetzung: Judith Händeler
Lektorat: Marice Radtke

ISBN 978-3-96080-829-9

Ihre Meinung ist uns wichtig

Scannen Sie bitte diesen QR-Code, um uns Feedback zu geben. Dies hilft uns dabei, unsere Angebote für Sie zu verbessern.

Abenteuer in der Welt der Träume

Inhalt

Einleitung

Wenn du morgens wach wirst, hast du meist schon vergessen, dass du eine Welt wie keine andere besucht hast – die Traumwelt.

Sie besteht aus vielen zauberhaften Reichen – von leuchtenden Neonfarben der Cyberwelt bis hin zu magischen Einhörnern der Fantasiewelt. Aber es lauern auch böse Mächte in den Schatten. Der Albtraumkönig und seine Handlanger sind immer auf der Suche nach schlafenden Kindern, um ihre Fantasie zu rauben.

Zum Glück wird die Traumwelt von den mutigen Traumwächtern beschützt, die mithilfe von Konzentration, Inspiration und Kreativität die Kraft des Traumformens nutzen können. Sie halten die Traumwelt sicher, indem sie dem gefährlichen Albtraumkönig trotzen und Nacht für Nacht in den Kampf ziehen, damit du sicher schlafen kannst.

Es gab schon viele Traumwächter vor ihnen, aber jetzt wirst du von Mateo, Izzie, Cooper, Logan und Zoey beschützt. Wenn du dich konzentrierst, erinnerst du dich vielleicht an einen ihrer vielen Kämpfe . . .

Die besten Träume aller Zeiten

Als Mateo, Z-Blob, Izzie, Cooper und Logan eines Nachts auf der Lichtung der Traumwächter eintrafen, war ihnen sofort klar, dass irgendetwas nicht stimmte. Die Lichtung war so grün und sicher wie immer, aber Mr. Oz und Albert, die bereits dort waren, wirkten beunruhigt. Sorgenvoll blickten sie auf den Weltraumbus, mit dem sie für gewöhnlich zu ihren Abenteuern in der Traumwelt aufbrachen:

Rauch und Dampf stiegen mit einem lauten Zischen aus dem Motorraum auf.

„Was ist los, Mr. Oz?", fragte Izzie.

„Nun ja, ich wollte euch heute eigentlich beibringen, wie man durch die Traumwelt fliegt, aber der Weltraumbus ist kaputt!", seufzte Mr. Oz.

Cooper beugte sich neben Albert über den Motor. „Ich weiß viel über Motoren. Kann ich helfen?"

„Tu dir keinen Zwang an!" Albert reichte ihm einen Schraubenschlüssel.

Mr. Oz wandte sich den anderen zu. „Ihr habt frei, bis wir das repariert haben. Wir holen euch, wenn wir fertig sind.“

Die vier grinsten einander an. Eine freie Nacht in der Traumwelt bedeutete Spaß ohne Ende! Die vier Freunde eilten sofort auf das nächstgelegene Portal zu.

„Denkt daran, Kinder“, rief Mr. Oz hinter ihnen her, „bleibt zusammen! Ihr könntet in Schwierigkeiten geraten, wenn ihr nicht im Team arbeitet.“

Mateo, Izzie, Logan und Z-Blob signalisierten ihr Einverständnis und traten dann durch das Portal in die Zuckerwelt. Berge aus Eiscreme ragten über ihre Köpfe hinaus, Zuckerkristalle glitzerten am Himmel wie kleine Sterne. Die vier versuchten, gemeinsam zu entscheiden, was sie am liebsten unternehmen wollten.

„Gehen wir in die Cyberwelt!“, schlug Logan als Erster vor. „Es gibt ein neues Kampfsportspiel! Tschakka!“ Er nahm eine angriffslustige Pose ein.

„Ich möchte versuchen, aus Z-Blob ein Piratenschiff traumzuformen!“ Mateo sah Z-Blob an, der

gluckste. „Aber ich glaube, er will sich lieber den Bauch mit Süßigkeiten vollschlagen."

„Ich will in der Fantasiewelt auf Einhörnern reiten!" Izzie strahlte. „Das wäre so süß!"

Die vier Traumwächter hatten ein Problem: Jeder von ihnen wollte etwas anderes machen.

Logan zuckte mit den Schultern. „Trennen wir uns einfach."

„Aber Mr. Oz hat gesagt, dass wir zusammenbleiben sollen", mahnte Mateo.

Izzie entfernte sich bereits und ging auf das Portal zur Fantasiewelt zu. „Entspann dich! Was soll schon passieren? Auf mich wartet der beste Traum aller Zeiten!"

Izzie und Logan gingen in unterschiedlichen Richtungen davon. Mateo seufzte und wandte sich Z-Blob zu, der bereits einen riesigen Lutscher verspeiste.

„Bleiben nur noch wir", sagte Mateo. „Wenn du aufgegessen hast, ist es Zeit für das Piratenschiff!"

Keiner der Traumwächter bemerkte die dunkle Wolke aus Albgnomen in der Entfernung. Die

Kreaturen machten sich bereit, die Befehle des rücksichtslosen Albtraumkönigs auszuführen.

***

Logan hatte in der Cyberwelt so viel Spaß wie nie zuvor. Das neue Kampfsportspiel war noch besser als erwartet und mit einigen starken Moves schlug er im vierten Level sogar den Champion.

„Ich bin richtig gut! Tschakka!“ Er trat in die Luft. „*Yes*! Ich bin der Beste!“

Logans laute Jubelrufe zogen die Aufmerksamkeit der Albgnome auf sich, die über ihm herumlungerten. Sie waren auf der Jagd nach Träumern, denen der Albtraumkönig die Fantasie rauben könnte.

„Da ist einer!“, ein paar der Albgnome zeigten auf Logan.

Der Schwarm steuerte im Sturzflug auf ihn zu und riss ihn aus dem Spiel. Logan schrie, als die Albgnome ihn in den Himmel hoben und zurück zum Albtraumkönig flogen.

Izzie hatte jede Menge Spaß in der Fantasiewelt. Sie hatte sich ein weißes Einhorn mit pinkem Schweif und pinker Mähne ausgesucht, auf dem sie über glitzernde Wiesen ritt und dabei lauter Freudenschreie ausstieß.

„Hiiiilfeeee!", unterbrach sie eine Stimme.

Izzie und ihr Einhorn hielten abrupt an, als sie die Wolke aus Albgnomen über sich sahen, mit Logan in ihren Fängen!

„Ich werde dich retten, Logan!", rief Izzie aus.

Sie wollte nach ihrer Sanduhr greifen, um ein riesiges Kaninchen traumzuformen, das hochspringen

und Logan vom Himmel ziehen würde. Doch ein paar Albgnome stürzten auf sie hinab und verschreckten ihr Einhorn. Das magische Pferd bäumte sich auf und Izzie stürzte von seinem Rücken direkt in die wartenden Albgnome.

***

In der Zuckerwelt hatte Z-Blob endlich genug Süßigkeiten in sich hineingestopft.

„Na schön", sagte Mateo, „bist du bereit, das Piratenschiff zu versuchen?"

Z-Blob rülpste als Antwort herzhaft.

Mateo freute sich darauf, seine neue Idee auszuprobieren. Er zog seine Sanduhr heraus, die ihm half, sich zu konzentrieren. Der Traumsand wirbelte umher und Licht leuchtete im Inneren des Glaskolbens, als Z-Blob sich erfolgreich in ein riesiges Piratenschiff verwandelte.

„Es hat funktioniert! Direkt beim ersten Versuch!“ Mateo jubelte.

Aber genau in diesem Augenblick entdeckte er einen Schwarm Albgnome, der direkt auf sie zuflog. Das grüne Piratenschiff mit Mateo an Bord

versteckte sich schnell hinter einigen großen Lutschern. Mateo traumformte ein Fernrohr, um die Feinde auszuspähen, und sah, wie Izzie und Logan davongetragen wurden.

Mateo nahm erneut seine Sanduhr zur Hand. „Zeigen wir diesen Albgnomen die andere Sache, die wir geübt haben, Z!"

Mit einem weiteren Lichtblitz traumformte Mateo aus Z-Blob einen monströsen Clown, der weit über die Zuckerwelt ragte, eine riesige Trompete in einer Hand und eine große, wasserspritzende Blume in der anderen. Z-Blob blies in die Trompete, um die Aufmerksamkeit der Albgnome auf sich zu ziehen. Die Kreaturen drehten sich um und setzten zum Angriff an. Z-Blobs wasserspritzende Blume durchtränkte einen Teil von ihnen. Ein anderer Teil schaffte es an der Blume vorbei, aber Z-Blob schnappte sie und fing an, mit ihnen zu jonglieren.

„Ich mochte gruselige Clownträume eigentlich immer", klagte ein Albgnom, als er Z-Blobs Hand entfloh. „Aber jetzt nicht mehr!"

SLOOP

Das entstandene Chaos bot Izzie und Logan die perfekte Gelegenheit zur Flucht. Logan nutzte seine neuen Kampfsporttricks, bis die Albgnome ihn und Izzie fallen ließen.

Als Izzie frei war, konnte sie endlich ihre Sanduhr hervorholen. Sie traumformte ein großes, glitzerndes Einhorn, das sich aufbäumte – wie das echte vorhin –, diesmal um den Albgnomen Angst einzujagen.

Gemeinsam bekämpften die Traumwächter ihre Gegner. Es rückten immer mehr Albgnome zur Verstärkung an, aber wenn die Traumwächter im Team kämpften, waren sie sensationell gut.

„Ich weiß nicht, wie lange wir das noch durchhalten!", sagte Logan, während er sich mit aller Kraft gegen ihre Feinde wehrte.

Genau dann ertönte hinter ihnen das laute Dröhnen eines Motors. Die Traumwächter sahen, wie Cooper, Albert und Mr. Oz im reparierten Weltraumbus heraneilten, um sie zu retten!

„Wir kommen wohl gerade noch rechtzeitig", sagte Albert.

Die vier Freunde sprangen in den Bus. Blitzschnell brachte Mr. Oz sie weit weg von den Albgnomen. Sie waren endlich in Sicherheit.

„Das habt ihr wirklich gut gemacht, Kinder!“, sagte Mr. Oz, als er Kurs auf die Lichtung nahm. „Es ist, wie ich gesagt habe: Solange ihr zusammenbleibt, kommt ihr mit allen Schwierigkeiten klar.“

Logan, Izzie, Mateo und Z-Blob tauschten vielsagende Blicke aus. Izzie zwinkerte.

„Wenn wir das nächste Mal eine Nacht frei haben, müssen wir all unsere besten Träume zu einem legendären Traum vereinen!“, sagte sie.

Die Traumwächter stimmten ihr zu. Ihre einzelnen Träume waren fantastisch gewesen, zusammen konnten ihre Abenteuer nur noch besser sein!

OPEN HERE
NEXT STOP
SNOOZE

Was für ein Albtraum!

Tief in den dunkelsten Ecken der Traumwelt ragten die Türme des Schattenfrieds in den Himmel der Albwelt. In einer der grausigen Kammern stritten drei Albgnome – Sneak, Snivel und Susan – darüber, wer den letzten Behälter mit gestohlener Fantasie auf der Pyramide platzieren durfte, die sie gebaut hatten.

„Ich will ihn draufstellen!", schrie Snivel, als er den Glaszylinder voll silberner Fantasie hinter sich herzog.

„Nein, ich!", zischte Sneak.

Während die beiden stritten, schlich sich Susan an sie heran, schnappte sich den Behälter und flog zur Spitze der Pyramide, um es selbst zu machen. Aber gerade als Susan den Behälter vorsichtig auf der Spitze platzieren wollte . . . *KRACH*! Sneak und

Snivel fielen in den unteren Teil der Pyramide und eintausend Zylinder gefüllt mit Fantasie donnerten zu Boden.

„Ihr Idioten!", kreischte Susan.

Die freigesetzte Fantasie flog glitzernd davon. Als der Nachtjäger den Lärm hörte, kam er in Windeseile in den Raum gerannt. Dort sah er, wie Susan die zerbrochenen Zylinder zählte, Snivel versuchte, sie wieder zusammenzukleben, und Sneak nervös Kartoffelchips aß.

„Ihr habt großes Glück, dass der Albtraumkönig heute Abend nicht hier ist", sagte der Nachtjäger

verächtlich. „Wie wollt ihr das wieder gutmachen, bevor er zurückkommt?"

Susan schluckte. „W . . . Wir . . . Wir sammeln so viele träumende Kinder ein, wie Behälter kaputtgegangen sind!"

„Besser wär's!", der Nachtjäger grinste spöttisch. „Ich muss heute selbst zu einer dringenden Mission. Wenn ich zurückkomme, habt ihr das Chaos hier beseitigt!"

„Klar! Keine Frage! Wir haben das im Griff . . . dieses Mal", sagte Sneak.

„Versprochen!", fügte Snivel selbstbewusst hinzu.

Nachdem der Nachtjäger gegangen war, drehte Susan sich zu den anderen um. „Wir nehmen den Ort, an dem die meisten Träumer abhängen, damit wir alle tausend auf einmal fangen. Die Doppelwelt wäre perfekt!"

„Nein, nein! Wir nehmen die Cyberwelt!", widersprach Snivel.

„In der Zuckerwelt gibt's mehr Chips - ich meine Kinder", sagte Sneak.

Sie fauchten einander an. Nach einigem Hin und Her entschieden die drei endlich, den Streit auf die einzig faire Art und Weise beizulegen: Sie spielten *Schere, Stein, Papier*.

„Ha!", rief Susan aus, die das Spiel mit ihrer zum Stein geballten Faust gewann. „Doppelwelt, wir kommen!"

Snivel und Sneak folgten Susan in die Doppelwelt, aber sie motzten und nörgelten die ganze Zeit, als sie ihnen ihren Plan erklärte.

„Wir sind nicht so groß und angsteinflößend wie Nachtschrecken, wir werden tricksen müssen", sagte sie. „Wir verkleiden uns als Cheerleader und versprechen den Träumern eine Show, um sie in die Aula der Schule zu locken. Ihr zwei lenkt sie ab, dann sperre ich alle ein und rufe den Nachtjäger, damit er kommt und ihre Fantasie raubt!“

„Wieso müssen wir die ganze harte Arbeit machen?“, stöhnte Snivel.

„Ich wünschte, ich hätte mehr Chips“, seufzte Sneak.

„Konzentriert euch! Wir sind da!“

Sie blickten auf die riesige Schule, die mitten im Herzen des Doppelreichs vor ihnen aufragte. Tausende Kinder tummelten sich dort und füllten sie mit Leben. Das waren tausende Kinder mit blühender Fantasie, die nur darauf wartete, gestohlen zu werden. Im Schulgebäude fanden Sneak, Snivel und Susan Cheerleader-Outfits, die sie schnell anzogen. Als sie in die Cafeteria kamen, um Kinder zu ihrer Show zu locken, stießen sie jedoch auf ein Problem.

Eine Essensschlacht mit Spinat hatte alle in ihren Bann gezogen. Grüne Häufchen flogen durch den

Raum und landeten spritzend auf den Schülern. Eines davon landete sogar direkt in Snivels Gesicht.

„Hey!", rief Susan und schüttelte ihre Pompons. „Wollt ihr nicht lieber eine tolle Show sehen?"

Die einzige Antwort, die sie erhielt, war ein klumpiger Haufen Spinat, der in ihren Hörnern hängen blieb.

Die Albgnome flüchteten aus der Cafeteria, bevor sie noch mehr Essen abbekommen würden. Sie fanden ein paar Kinder, die vor der Toilette anstanden,

und versuchten, sie zu ihrer Show zu locken, aber Sneak rutschte in einer Wasserpfütze unter dem Trinkwasserspender aus. Bevor er sich wieder aufrichten konnte, sprang ein Junge zwischen die Albgnome und die anderen Kinder.

„Hey, Leute! Seht euch die Bibliothek an!"

Die neugierigen Kinder marschierten davon und ließen die Albgnome verwirrt zurück. Die drei rannten hinter den Kindern her und kamen in eine Bibliothek, die wie keine andere war. Statt mit Schulbüchern waren die Regale mit den coolsten Comicbüchern, die es gab, gefüllt.

„H-hey!", rief Snivel laut. „Wir haben eine coole Show! Wollt ihr die nicht sehen?"

Keines der Kinder blickte von den spannenden Geschichten, die sie lasen, auf.

„Diese Rotzlöffel", meckerte Susan.

Sneak, Snivel und Susan entschlossen, ihr Glück woanders zu versuchen. Sie wanderten durch die Gänge und suchten nach Schülern, die sie zu ihrer Show einladen konnten. Sie hatten die Hoffnung

schon fast aufgegeben, als sie hinter sich Schritte hörten.

Die Albgnome drehten sich um und sahen, wie unzählige Schüler auf sie zueilten. Susan hob ihre Pompons hoch, bereit ihre trügerische Show anzukündigen.

„Hilfe!", schrien die Schüler. „Bloß kein Mathe!"

Den Albgnomen wurde klar, dass die Kinder nicht einfach nur rannten, sondern dass sie vor einem riesigen fliegenden Würfel mit dem Kopf einer jammernden Mathelehrerin *davonrannten*.

„Es ist Zeit für einen Geometrietest!", rief diese schadenfroh. „Ich hoffe, ihr habt geleeeernt!"

Die Albgnome schrien auf und flohen zusammen mit den Kindern. Sie wären fast niedergetrampelt worden, aber Sneak entdeckte einen Kunstraum, in den sie entkommen konnten. Die drei Albgnome retteten sich durch die Tür, ließen die Masse draußen vorbeirennen und stöhnten erleichtert auf.

„Dieser Ort ist grauenhaft“, sagte Susan.

„Hä? Wer hat das gesagt?“, fragte eine Stimme in der Nähe.

Die Albgnome hatten sich so auf ihre Flucht konzentriert, dass sie die Gruppe Kinder am anderen Ende des Kunstraums gar nicht bemerkt hatten. Mateo, Z-Blob, Izzie, Logan, Cooper und Zoey standen dort und feierten Mateos Sieg in einem

Traumkunstwettbewerb. Er sah sich immer noch verwirrt um, weil er keine Ahnung hatte, woher die Stimme gekommen war.

Die Albgnome erstarrten. Konnte ihre Nacht wirklich noch schlimmer werden? Sie konnten nicht glauben, dass sie ausgerechnet die Schule der Traumwächter ausgewählt hatten.

Dann entdeckte Mateo sie endlich. „Hey, das sind diese Albgnome!“, rief er den anderen zu und zeigte mit dem Finger auf sie.

Izzie hob ihre Sanduhr hoch. „Seid ihr auf Ärger aus?“

Sneak, Snivel und Susan stöhnten auf. Sie waren bereits mit Essen beworfen, ignoriert, durchnässt und verjagt worden, sie wollten auf keinen Fall noch mehr Ärger.

Die Traumwächter wirkten verwirrt, als der erschöpfte Snivel, die spinatbeschmierte Susan und der immer noch tropfnasse Sneak zur Tür rannten. Ehe die Traumwächter begriffen, was los war, waren die Albgnome so schnell sie konnten aus dem

Kunstraum davongelaufen, zum Schultor hinausgeeilt und geflohen.

„*Nächstes Mal* lassen wir den Nachtjäger nicht im Stich", versicherte Snivel den anderen.

Susan nickte. „Das war nur ein, ähm, strategischer Rückzug. Nächstes Mal holen wir uns die Fantasie zurück."

„Außer jemand versucht, uns zurück in die Schule zu schicken", sagte Sneak mit einem Schaudern. „Das war ein *echter* Albtraum!"

Glitzerkampf

Zoey und ihr Greif Zian kehrten nach einer langen und anstrengenden Nacht in der Traumwelt zurück in ihr Geheimversteck. Als sie zum Eingang ihrer Höhle hinunterschritten, fiel Zoey ein leuchtend pinker Schimmer ins Auge.

„Ist das . . . Glitzer?“, fragte sie ungläubig.

Zian krächzte zur Bestätigung. Eine glitzernde Spur führte in ihr Versteck. Es sah ganz so aus, als wäre ihr Geheimversteck nicht mehr geheim.

Zoey und Zian betraten die Höhle, vorsichtig und bereit sich zu wehren. Aber Zoey wurde bei jedem Schritt mehr und mehr von dem vielen Glitzer, den bunten Postern, den zahlreichen Kuscheltieren und der ganzen glänzenden Dekoration abgelenkt. Sie war entsetzt. Als wären die fröhlichen „DU SCHAFFST DAS!"-Parolen, die in grellem Pink an die Steinwände gemalt waren, noch nicht schlimm genug, roch es in der Höhle auch noch nach Kaugummi!

Zoey und Zian betraten endlich die Hauptkammer, wo sie inmitten von Duftkerzen, Glitzer und Kissen den gut gelaunten Eindringling antrafen.

„Überraschung!", wurden sie von Izzie begrüßt. „Gefällt euch, was ich aus eurer Höhle gemacht habe?"

„Nein!" Zoey marschierte auf sie zu. „Du bist in mein Versteck eingebrochen, hast meine coole Höhle ruiniert und sie mit all diesem . . . diesem Schrott vermüllt! Warum sollte mir das gefallen?"

Izzie reagierte bestürzt und wurde kleinlaut. „Tut mir leid", sagte sie, „ich dachte, jemand so Buntes

wie Zian könnte in einer Höhle, die so düster wie der Schattenfried war, unmöglich glücklich sein. Ich habe angenommen, dass du einfach noch keine Zeit hattest sie einzurichten, weil du ständig nach Traumverbrechern Ausschau hältst. Ich wollte sie einfach schöner gestalten für dich und Zian!“ Sie trat mit dem Fuß gegen die Tür. „Dann wärst du vielleicht auch nicht immer so schlecht drauf.“

„Vielleicht bin ich ja gern schlecht drauf!“ Zoey zeigte auf den Ausgang der Höhle. „Und jetzt schaff dieses ganze glitzernde Zeug hier raus, Izzie.“

Izzie ließ den Kopf hängen, entschuldigte sich erneut und sammelte den Großteil der bunten

Dekoration wieder ein. Sie hinterließ eine Spur aus Glitzer, als sie aus der Höhle verschwand.

Anschließend wurde es still und Zian warf Zoey einen missbilligenden Blick zu. Zoey wich dem Blick aus und fing an, das Versteck in seinen alten dunklen, trübseligen Zustand zurückzuversetzen. Kurz darauf war die Höhle wieder fast so düster wie zuvor.

Von Izzies Dekorationsversuch waren nur noch zwei Überbleibsel da: ein schimmerndes Poster und eine Schachtel mit passendem pinkem Glitzer. Zoey wollte das Poster von der Wand reißen, zögerte aber. Izzie hatte kunstvolle Wirbel aus pinkem Glitzer darauf geklebt. Das war, auch wenn Zoey das niemals laut zugegeben hätte, irgendwie schön. Vielleicht würde sie es hängenlassen.

Aber die Schachtel mit dem Glitzer konnte nicht bleiben. Zoey wusste, dass Izzie sie zu sehr vermissen würde. Und auch wenn sie sich alle Mühe gab, es nicht zu tun, so fühlte sie sich doch ein bisschen schuldig, weil sie zuvor so harte Worte gewählt hatte. Zoey und Zian sahen einander an. Wortlos bot der Greif seinen Rücken für einen weiteren Ausritt an.

Zoey und Zian verließen zusammen die Höhle, um nach Izzie zu suchen. Sie stoben durch den Himmel und erreichten bald Izzie, die auf ihrem riesigen traumgeformten Plüschkaninchen Bunchu durch die Fantasiewelt hüpfte.

Aber sie waren nicht allein.

Dunkle Wolken stiegen über der Fantasiewelt auf und der Albtraumkönig höchstpersönlich gackerte unheimlich auf dem Rücken seines grauenhaften

Pegasus. Izzie und Bunchu rannten vor ihm davon, aber er war direkt hinter ihnen.

Zian glitt zu Izzie hinab, bis sie an ihrer Seite war, und schoss mit Pfeilen auf ihren unerbittlichen Verfolger. Doch die Pfeile verfehlten ihr Ziel. Izzie

erschauderte, als sie sah, dass Zoeys Waffe nichts ausrichten konnte, um den mächtigen Bösewicht aufzuhalten.

„Oh nein! Er kommt immer näher!“, sagte sie. „Was sollen wir bloß tun?“

„Konzentrier dich, Izzie –“, setzte Zoey an.

Aber die Warnung kam zu spät. Izzie war verängstigt und abgelenkt: Ihr Kaninchen schwächelte bereits und Bunchu verwandelte sich direkt unter ihr in ein einfaches Plüschtier zurück. Izzie schrie und stürzte hinab.

Das Ross des Albtraumkönigs entdeckte Izzie am Boden und glitt zu ihr hinab. Doch Zian war schneller. Der Greif positionierte sich vor Izzie und breitete die Flügel aus. Er kreischte und Zoey feuerte einen

Pfeil nach dem anderen auf den herannahenden Pegasus ab, aber das Biest wich jedem einzelnen aus. Für einen kurzen Augenblick geriet Zoey in Panik, denn sie konnte Izzie mit ihrer Waffe nicht beschützen. Sie blickte auf ihre Freundin hinab und dann auf die Schachtel mit Glitzer, die Izzie zurückgelassen hatte. Ihr kam eine Idee.

Das Ross mit seinen bedrohlichen Hörnern kam immer näher. Zoey stand furchtlos auf Zians Rücken und zog die Schachtel mit dem Glitzer unter ihrem Umhang hervor. Sie schüttelte den Inhalt aus und Zian flatterte mit seinen riesigen Flügeln, bis die leuchtenden Partikel den Albtraumkönig und sein Ross komplett eingehüllt hatten.

„Bah! Widerlich!“, rief der Albtraumkönig angeekelt, als die kleinen bunten Teilchen an seinem Gesicht kleben blieben. „Was ist das? Dieses . . .“

„Damit bist du nicht mehr so schlecht drauf“, antwortete Zoey mit einem Grinsen.

Unter dem Albtraumkönig begann der Pegasus, wild um sich zu treten und zu bocken. Glitzer war

direkt in seine Nase geflogen und er nieste wie wild. Der Albtraumkönig wischte sich das Gesicht ab und versuchte, sein Ross wieder unter Kontrolle zu bekommen.

„Das ist nur Glitzer!", schrie der Albtraumkönig. „Beruhige dich!"

Aber sein Ross trat aus und nieste auf seinem Weg durch den Himmel. Was er auch versuchte, er konnte es nicht mehr im Zaum halten. Kurz darauf verschwanden der Albtraumkönig und sein Ross am Horizont. Sie hinterließen eine schwache Spur aus grellem, pinkem Glitzer.

„Zoey, das war richtig cool!“ Izzie sprang auf und tanzte vor Freude umher. „Ich dachte, das war’s mit uns und dann – bäm!“ Sie warf sich Zian um den Hals. „Überall Glitzer! *Muchas gracias*, Zoey!“

Izzie wollte auch Zoey umarmen, aber de-ren Gesicht verfinsterte sich und sie machte einen

Rückzieher. Zoey fühlte sich wieder schlecht, weil sie Izzie zuvor so angeschrien hatte. Also legte sie sanft eine Hand auf Izzies Schulter.

„Hey", sagte sie, „ähm, hör mal . . ." Fast hätte sie sich das mit der Entschuldigung noch einmal anders überlegt, aber Zian warf ihr einen strengen Blick zu. Zoey räusperte sich. „Tut mir leid, dass ich dich vorhin angeschrien habe", sagte sie. „Und dass ich so viel von deinem Glitzer bei dem Kampf

verschwendet habe." Sie lächelte ein wenig. „Das Zeug ist wohl gar nicht so übel. Immerhin hat es den Albtraumkönig in die Flucht geschlagen!"

„Danke, dass du mich vor ihm beschützt hast! Und, ja, mir tut's auch leid", sagte Izzie. „Ich hätte dein Versteck nicht umdekorieren dürfen, ohne dich zu fragen."

Zoey bot ihr die Hand an, um zur Wiedergutmachung einzuschlagen. Izzie strahlte und nahm sofort an.

„Ich sollte mich besser auf den Weg zurück zur Lichtung der Traumwächter machen", sagte Izzie.

„Klingt gut", sagte Zoey, „aber vorher habe ich noch eine Frage."

„Ja?"

„Kann ich den restlichen Glitzer behalten?" Sie grinste. „Wie sich herausstellt, ist das eine ziemlich gute Waffe."

Izzie lachte.

Glossar

Albert
Der texanische Schimpanse mit dem losen Mundwerk ist in der Traumwelt ein guter Freund von Mr. Oswald.

Cooper
Mateos ältester Freund. Er liebt Sport, Autos und Technik und ist in allem gut, was er angeht. Nur bei seinen Traumformungen muss er sich mehr anstrengen als die anderen, um sie richtig hinzubekommen.

Traumwächter
Ein bewusster Träumer, der vom Nachtbüro angeworben wurde und die Kunst des Traumformens erlernt hat, um die Traumwelt vor mächtigen Albträumen zu schützen und gefangene Träumer zu retten.

Lichtung der Traumwächter
Ein Ort, an dem bewusste Träumer landen, wenn sie in der Traumwelt ankommen. Auf der Lichtung gibt es zahlreiche Türen, die zu verschiedenen Traumwelten führen.

Izzie
Mateos jüngere Schwester ist ein Wirbelwind. Izzie sieht immer nur das Gute, aber beim Traumformen fällt es ihr schwer, sich zu konzentrieren. Sie liebt Plüschtiere und Animes.

Logan
Logan ist der Einzige der Freunde, der keine Sanduhr für die Traumformung hat. Er ist nicht immer der Hellste, gibt aber alles, um dem Team zu helfen.

Mateo (auch Teo genannt)

Ein stiller, aber talentierter Zeichner. Er arbeitet oft an seinem eigenen Comicbuch, das sich um die von ihm erdachte Figur Z-Blob dreht. Mateo ist immer freundlich und unglaublich kreativ.

Mr. Oswald (auch Mr. Oz genannt)

Der Physiklehrer beschäftigt sich tagsüber am liebsten mit der Raumfahrt und erweist sich nachts als herausragender Traumformender. Er ist der Mentor der Traumwächter.

Nachtjäger

Der stellvertretende Befehlshaber des Albtraumkönigs ist der rücksichtslose Anführer der Albtraumarmee.

Albtraumkönig

Er ist der böse Herrscher der Albwelt und der Anführer der Albgnome. Der Albtraumkönig verfolgt eine einzige Mission: Er will die Traumwelt zu einer Albtraumwelt machen.

Sneak, Snivel und Susan

Die drei Albgnom-Gehilfen des Nachtjägers. Susan ist das Gehirn der Gruppe.

Z-Blob

Die Hauptfigur in Mateos Comic, die in der Traumwelt zum Leben erwacht ist.

Zian

Diese blaue Katzeneule mit Flügeln ist Zoey ein treuer Begleiter.

Zoey

Eine bewusste Träumerin, die in der Traumwelt als die Traumbanditin bekannt ist und regelmäßig die Pläne des Nachtjägers durchkreuzt.

Ein weiteres traumhaftes Abenteuer zu LEGO® DREAMZzz™ erwartet dich:

ISBN 978-3-96080-799-5
€ 12,99 (D) / € 13,40 (A)